# 100 YEARS

모든 나이는 빛난다

100권의 책이 말하는
100살까지의 당신

조슈아 프레이거 엮음 · 밀턴 글레이저 디자인 · 김남주 옮김    민음사

나의 바바와 파파
힐다 프레이거와 맥스 프레이거께 이 책을 바친다
두 분의 삶은 합해서 186년인데,
두 분은 그 한 해 한 해를 꽉 차게 사셨다.

조슈아 프레이거


나의 친구들
엘리너, 유진, 에스텔, 어빙, 지번, 조르조, 진 미셸
그리고 셜리에게

밀턴 글레이저

일러두기

1  이 책에 나오는 외래어 표기는 기본적으로 원어 발음을 기준해 국립국어원의 표기를 따랐으나,
   신뢰할 만한 국내 번역이 있을 경우 그 표기를 우선시했다.

2  작품명은 1을 기준으로 하되 그 외의 경우는 중립적으로 번역하고 영어를 병기했으며,
   의미가 달라질 수 있는 경우에는 원서의 발음대로 쓰는 편을 택했다.

3  영어 아닌 다른 외국어로 씌어진 작품의 경우 전체 맥락에 유의하면서 원서의 영역본에서
   중역했다. 조슈아 프레이거는 서문에서 영역의 기준을 이렇게 밝히고 있다.
   "자주는 아니지만 부득이 생략부호를 곁들여 문장을 가지치기할 때에는 원전의 문맥보다는
   그 문장이 해당 나이에 대해 말하고자 하는 바에 집중해 진행했다."

인생이 어떤 것의 일부가 될 수 있다면,
책 속으로 들어가 그 일부가 될 것이다.

제임스 설터,『버닝 더 데이즈』

6년 전 나는 몇 달에 걸쳐 루이스 메난드가 열아홉 살 시절에 대해 쓴 글과 돈 드릴로가 스무 살에 대해 쓴 글을 읽었다.

메난드는 "당시 우리는 새로운 시인이나 새로운 시를 발견하는 것이야말로 세상에서 가장 흥미진진한 일이라고 생각했다. 19세라면 그럴 수 있다."고 쓰고 있다. 그리고 드릴로는 소설 『리브라』에 이렇게 쓴다. "스무 살에 우리가 아는 건 그저 우리가 스무 살이라는 사실뿐이다. 그밖의 것은 모두 그 사실 주위를 빙빙 도는 뿌연 안개에 지나지 않는다."

그때 내 나이 서른여덟이었고 나이와 시간에 대해 곰곰 생각하는 일이 잦았다. 가족 병력(그리고 그후 내가 당한 부상) 때문에 우리 집안 사람들은 노년이 되기 전에 죽을 수도 있다는 사실이 오래전에

분명해졌던 것이다.

책은 간접적인 경험을 제공한다. 제임스 설터가 쓴 것처럼 "삶이 어떤 것의 일부가 될 수 있다면, 책 속으로 들어가 그 일부가 된다." 메난드와 드릴로를 읽으면서, 나는 인생의 '한 해 한 해'에 관한 내용을 책 속에서 찾을 수 있으리라는 생각이 떠올랐다. 한 해 한 해에 대해 언급한 내용을 모두 찾아내 하나의 긴 인생으로 엮어 낼 수 있다면, 그런 경험을 할 수 있다면 얼마나 좋을까.

그 생각은 지워지지 않고 내 머릿속에 남아 있었다. 그로부터 여러 해가 지난 어느 날 나는 「시계(The Clock)」라는 영화를 보았는데, 기존 영화에서 시계가 나오는 수백 개의 장면들을 한데 이어 붙여 하루를 분 단위로 표현한 것이었다. 영화는 매혹적이고 강렬한 방식으로 시간에 대해 이야기하고 있었다. 나는 그런 식으로 사람의 일생을 보여 주는 목록을 갖고 싶었다. 그래서 글귀를 모으기로 결심했다. 영 살에서 백 살까지 삶의 한 해 한 해를 위한 구절들을.


나는 책을 좋아하는 친구들에게 메모를 보내 도움을 요청했지만 쓸 만한 제안을 받지 못했다. 그래서 학생 셋을 동원해 인터넷상에서 취지에 맞는 자료를 찾아보게 했지만 그것 역시 별 실효를 거두지 못했다. 작가협회에 이메일을 보내 몇 개의 구절을 얻을 수 있었지만, 그 일로 인해 나는 문학에 대해 아무것도 모르는 사람이라는 경멸 또한 받았다. 작업의 진행은 느렸다. 당시 나는 토마스 만과 레프 톨스토이의 소설들을 읽었는데, 2,700페이지 중에서 내 취지에 맞는 것은 두 구절뿐이었다.

그래서 나는 구글 도서와 아마존에서 각 나이에 대한 구절을 찾기 시작했다. 얼마 지나지 않아 작가들이 특정 나이에 대해 고찰하는 경향이 있지 않을까 하고 다시 작가들을 살펴보았다. 에벌린 워나 마틴 에이미스 같은 작가들은 종종 그런 경우가 있었지만, 몇몇 작가들은 그런 일이 거의 없었다. 나의 문학적 영웅 허먼 멜빌을 목록에 넣을 수 있게 해 준 것은 그의 잊혀진 작품 『이스라엘 포터(Israel Potter)』에 나오는 방백 한 구절뿐이었다. 몇몇 작가들은 나이 대에 대한 언급 같은 것은 하지 않았다. 애거사 크리스티와 업턴 싱클레어는 80편이 넘는 작품을 썼지만 내 기준에 맞는 문장을 단 하나도 발견할 수 없었다.

내 기준은 단순했다. 어떤 나이를 분명히 언급하고 그에 '관련한' 무언가를 환기시키는 문장이어야 한다는 것이었다.

나는 통찰이 담긴 구절을 모으고 싶었다. 우선 오늘날 우리는 과거보다 수명이 늘어났고 따라서 나이를 먹는 속도도 느려졌다. (크리스토퍼 이셔우드는 쉰셋의 남자를 묘사하면서 "누렇게 시든 잎"이라는 구절을 사용했는데, 그보다 100년 전 바이런 경은 서른여섯인 자신에게 그 표현을 썼다.)

그렇더라도 각각의 구절이 이어져 목록이 완성되어 가면서 인생의 큰 맥락이, 심리학자 장

피아제가 초기 단계를 관찰했을 때처럼 뚜렷하게 드러났다. 거기에는 유년기의 경이로움과 갑갑함, 청소년기의 욕구 불만과 일탈, 장년기의 권한과 책임, 노년기의 인식과 체념이 있었다. 삶의 패턴이 있었다. 그리고 그것은 공통적이었다. "그 일은 다른 사람들에게와 마찬가지로 내게도 일어날 것이다."라고 토마스 만이 쓰고 있는 것처럼.

그런 식으로 목록에 직접적으로 들어오지 않은 저자들도 목록에 오른 이들의 견해와 대개 조화를 이루었다. 「사운드 오브 뮤직」 속에 나오는 독립적이고 자신감에 차고 좋아서 어쩔 줄 모르는 열네 살짜리 소년 프리드리히 폰 트랩(*폰 트랩 대령의 둘째 아들)은 역시 열네 살의 나이로 일기를 쓴 안네 프랑크와 닮아 있었다. 그레이엄 그린의 작품 속에서 예순한 살에 머물러 있기를 바라는 영사는 대니얼 디포가 묘사한 같은 나이의 로빈슨 크루소와 비슷하다.

물론 삶은 한 해 한 해 예측 불가능하게 급변할 수 있다. 샬럿 브론테가 열여덟의 엄숙함에 대해 처음으로 목소리를 가다듬으며 이야기를 시작하는 동안, 아르튀르 랭보는 자유분방한 열일곱 살의 정수를 뽑아냈다. 또 같은 나이를 다르게 살 수도 있다. P. G. 우드하우스는 쉰다섯 살을 자살과 연관짓지만 표도르 도스토옙스키는 그 나이에서 명실상부한 즐거움을 보았다. 토마스 만이 서른을 성취의 나이로 보았다면, F. 스콧 피츠제럴드는 그 나이 속에서 쇠락의 시작을 보았다.

다른 차이들은 아마도 성차에 기인하는 것 같다. 열다섯 살 소녀 마야 안젤루가 항복하는 법을 배웠다면, 같은 나이의 소년 귄터 그라스는 "싸움판에 들어가기"를 열망했다. 노먼 메일러는 마흔셋과 마흔넷이 육체적으로 완전히 다르다고 보았다.

이제 나는 마흔넷이다. 그리고 내 앞에 무엇이 기다리고 있는지에 대해 좀 더 잘 알고 있다. 목록이 완성되었기 때문이다. 내가 처음 찾아낸 목록에 어울리는 구절은 서른 살에 관한 것(피츠제럴드)이었다. 일흔 살에 관한 것(나짐 히크메트)을 가장 마지막으로 찾아냈다. 10대에 관한 구절들은 그 시기가 빨리 지나가는 것과 마찬가지로 짧은 시간 안에 찾을 수 있었다. 90대에 관한 구절들은 내가 그 나이 대의 삶을 상상하기 어려운 것만큼이나 엮어 내기 어려웠다. 네 살은 이루어 놓은 것이 없고, 서른넷은 활력으로 가득 차 있다. 윌리엄 워즈워스와 헨리 소로, 어니스트 헤밍웨이와 무라카미 하루키 모두 이 나이에 글을 쓰기 시작했다. 새로운 10년이 시작될 때에는 많은 작가들이 영감을 받은 듯해서 매 10년마다 한 페이지씩 내용을 더했다.

이 책에서는 인용 부호를 대화 문장에 한해 사용했다는 것을 밝혀 둔다. 자주는 아니지만 부득이 생략 부호를 곁들여 문장을 가지치기할 때에는 원전의 문맥보다는 그 문장이 해당 나이에 대해 말하고자 하는 바에 집중해 진행했다. 한 작가의 글을 한 차례 이상 사용하지 않았다. 물론 내가 담아낸 것은 작품의 작은 조각일 뿐이다.

인생이 그런 것처럼 이 목록도 우회적이다. 그리고 이 책을 엮는 일은 마치 지구의 회전처럼 나를 먼 대륙들로 보내 주었다. 페르세폴리스로부터 타라로, 다시 오즈로. 나는 언제나 기꺼이 길을, 내가 어디에 있는지를 잊었다. 내가 기억한 것은 오직 책을 읽는다는 사실뿐이었다.

　　당신 역시 '기꺼이' 길을 잃을 수 있기를. 그리고 히크메트의 말처럼 "삶이야말로 가장 생생하고 가장 아름다운 것임을 알게 되기를."

2015년 7월
뉴욕에서
조슈아 프레이거

# 글귀, 색채 그리고 시간

조슈아 프레이거가 처음으로 연락을 해 온 것은, 내가 뉴욕 현대 미술관을 위해 디자인한 몇 개의 시계를 보고나서였다. 그는, 하나의 혁명을 완수하기 위해 120년이 걸리는 시계를 디자인하는 일에 혹시 관심이 있느냐고 물었다. 솔직하게 말해서 그때 나는 그가 무슨 이야기를 하는지 종잡을 수가 없었다. 그러다 우리는 시간에 관해 이야기를 하게 되었다. 그는 자신이 인생의 한 해 한 해에 관해 문학 작품에서 언급한 내용을 모으고 있다면서 원고를 보낼 테니 의견을 말해 줄 수 있느냐고 했다. 그 아이디어는 상당히 단순한 듯했지만 인용된 구절의 질과 적절성은 참으로 놀라웠다.

내가 그 구절들을 특히 도발적이라고 여긴 것은, 그로주터 2~3주 전 이사 준비로 서재 정리를 시작해서이기도 했다. 나는 내 삶에 중요한, 꼭 남겨 두어야 할 책들과, 읽을지 안 읽을지 확실치 않은 채 서가에서 영원토록 시들어 갈 책들을 구분하려 애쓰고 있었다. 10대 1의 비율로 중요한 책들을 남겨 두고 의미가 덜한 책들을 골라냈다. 골라낸 책들을 버린다고 생각하자 서운한 마음이 들었다. 문득 나는 지구상 거의 모든 사람들이 같은 문제에 봉착하리라는 사실을 깨달았다. 우리가 읽은 위대한 책들은 대부분 우리의 기억 속에서 살고 있는데, 각자의 기억력은 빠른 속도로 나빠지고 있는 것이다.

내용과 형태의 접점을 찾는 것은 디자이너로서 내게 언제나 중심이 되어온 작업이다. 내용은 이야기를 만들어 내지만 시각의 세계는 다른 방식으로 우리에게 말을 건다. 그림이나 조각을 보면서 얻는 기쁨은 그런 경험을 거듭함으로써 평생 지속될 수 있다. 북 디자인에서는 책의 문학적인 목적을 지지하고 주제에 대한 이해를 돕기 위해 크기, 글자체, 여백을 결정한다. 대부분의 그래픽 디자인 작품에서 글자체는 저자의 어조나 정신을 드러내고 심화시키기 위해 선택된다.

이 책의 경우 나는 책을 손에 쥔 독자이자 감상자들이 단순히 내용을 이해하기보다는 책 자체를 '경험하기'를 원했다. 책을 넘기면 다양하게 섞이는 색의 변화를 통해 한 해 한 해 지나가는 시간의 추이를 수평적으로 느낄 수 있다. 탄생의 시간을 포함하는 일상의 삶은 수직적으로 펼쳐지고, 각각의 페이지도 위에서 아래까지 색채가 뒤섞여 있다. 나이를 나타내는 숫자체도 모두 달리해 글귀와 색채 간의 유동적인 관계를 만들어 내고 있다.

이 책의 디자인을 통해 내가 구현하고 싶었던 것은 독자가 전체적인 맥락 속에서 이 책을 볼 때마다 새롭게 느끼는 것이었다. 탁자 위에 책을 펼쳐 놓고 흐린 빛 아래서도 읽고 밝은 빛 아래서도 읽는다. 앞에서 뒤로도 읽고 비스듬하게 기울여서 보기도 하고 거꾸로 보기도 한다. 몇 년 전 나는 『기적이거나 어쩌다 그렇게 됐거나(In Search of the Miraculous or One Thing Leads to Another)』라는 제목의 책을 썼다. 거기에는 모든 것이 보이지 않는 방식으로 연결되어 있다는 개념이 다루어진다. 이제 당신이 손에 쥔 이 작은 책과 함께 종이, 잉크, 글자체 같은 극히 단순한 수단을 통해 예측하지 못했던 멋진 그 뭔가가 일어나기를!

2015년 7월

뉴욕에서

밀턴 글레이저

그에게 탄생은 곧
죽음이나 다름없었다.

사뮈엘 베케트(1906~1989), 「모놀로그」

BIRTH

누군가 나를 찰싹 때렸다. 나는 탄생의 은밀한 갈채 속으로 서둘러 나아갔다. …
한 생명이 존재가 되는 환상적인 질척함, 한 인간의 첫 선출, 눈부신 날것으로서
느끼는, 아무 설명 없이 가해지는 극도로 따가운 신고 절차, 의혹과 동요,
세상의 빛에 잠기는 끔찍한 오염. 내 안 깊숙이 웅크리고 있던 숨이 울음소리와
함께 내뱉어졌던 것이 기억나는 듯하다. 그 취소 불가능한 운명의 시작이.

해럴드 브로드키(1930~1996),『달아난 영혼(The Runaway Soul)』

1

한 살이 되면 아이는 자신의 의도가 담긴 첫 단어를 입 밖에 낸다… 그리고
바로 그때 아이의 내부에서 위대한 싸움이 시작된다. 기계적인 면에 맞서 자신의
뜻을 관철하려는 의식의 투쟁이다. 이것은 사람이 태어나 처음으로 겪는 갈등,
자신의 일부에서 벌어지는 싸움이다!

마리아 몬테소리(1870~1952),『흡수하는 정신』

# 2

두 살 때였다. 아이는 어느 날 정원에서 놀다가 꽃 한 송이를 뽑아 들고 엄마에게 달려갔다. 아이가 무척 신나 있었던 것 같다. 달링 부인이 한 손을 가슴에 대고 이렇게 외쳤던 것이다. "오, 영원히 네가 지금 이대로였으면 얼마나 좋겠니!" 그날 엄마와 아이가 주고받은 대화는 그게 전부였다. 하지만 그 순간 웬디는 자신이 성장의 한 단계를 지났음을 알았다. 두 살이 되면 언제나 자신이 두 살이 됐다는 사실을 알게 마련이다. 두 살이야말로 종말의 시작인 셈이다.

제임스 매슈 배리(1860~1937), 『피터 팬』

여기 세 살짜리 아이가 있다. 아이는 누가 자신을 만들었는지 알지 못한다. 물론 자신의 영혼에 대해서도, 그것이 현재 얼마나 타락했는지, 또 미래의 운명이 어떠할지에 대해서도 알지 못한다.

너새니얼 호손(1804~1864), 『주홍 글자』

나는 그 나이의 세계가 좋았다. 그곳에서는 마법 같은 일이 벌어졌다. 네 살 때 나는 어떤 어른이 지옥의 개념을 설명하는 걸 듣고 뒷마당에 구덩이를 하나 팠다. 그랬더니 땅 밑에서 벌거벗은 사람들이 춤을 추고 있는 게 보였다.

에이미 탄(1952~), 『운명의 반의어(The Opposite of Fate)』

너는 누구니, 어린 나에게 묻는다
(다섯 아니면 여섯 살 때였으리라)
나는 높다란 창에서
11월의 황금빛 석양을
응시하고 있다
(낮이 꼭 밤이 되어야 한다면
이것이야말로
멋진 방식이라고 느끼면서)

E. E. 커밍스(1894~1962), 『시전집』, #52

틀림없이 아이들인 저 여섯 살짜리들은 아주 뚜렷하고도 치열한, 자신들만의
삶을 살았다. … 그들은 먹고 자는 시간 외에, 눈부신 물가의 하얀 모래밭에서
아무 목적 없이 소소하게 놀 수 있는 시간을 찾아냈다.

월리엄 골딩(1911~1993),『파리대왕』

어린 시절은 후에 돌아보고 되새겨 볼 때만 아름답고 행복하다. 정작 아이 자신에게 그 시기는 깊은 슬픔, 알 수 없는 의미로 가득 차 있다. 지옥이나 사탄 같은 건 관두고라도, 건포도 케이크를 너무 많이 먹는다고 하늘에서 화를 내는 신도 있고, 배앓이나 백일해를 겪기도 하고, 귀신에 대한 두려움도 있는 것이다. 가장 지독한 것은 어른들이 슬퍼하는 것을 보면서도 이해할 수 없다는 사실이다. 이 모든 건 우리가 일곱 살 때보다 지금 더 행복하다는 사실을 증명한다.

조지 엘리엇(1819~1880), 『편지』, 1844년 5월

<u>여덟</u> 살짜리 아이라면 자연사 박물관에서 돌아오는 길에 엄마에게 이런 말을 할 수 있다. "엄마, 난 정말 엄마를 사랑해요. 그래서 언젠가 엄마가 죽으면, 난 엄마를 박제로 만들어서 여기 이 방에 세워 둘 거예요. 언제나 엄마를 볼 수 있도록 말이에요." 요컨대 아이들이 죽음에 대해 갖고 있는 개념은 우리 어른의 개념과는 크게 다르다.

지크문트 프로이트(1856~1939), 『꿈의 해석』

사람은 아홉 살 때의 기억이 영원하리라 여긴다. 그때 아이는 모든 것을
기억하기 때문이다. 모든 것이 중요하고 크고 충만하고 '시간'을 채운다.
마치 나무 주위를 빙빙 돌며 나무를 바라보기라도 하듯 만사가 확실하다.
아이는 시간이 흘러가는 걸, 시간 안에 시간 그 자체가 아닌 어떤 움직임이
있다는 걸 의식한다. 그 즈음 시간은 어떤 움직임이나 흐름이나 바람이 아니라,
차라리 그 모든 것을 품고 있는 기후 같은 것이다. 그래서 어떤 일이 일어나면
그 일은 '시간' 안에서 생명을 지니고 줄곧 살아남아 단단해져서, 마치 나무
주위를 맴돌듯 그 주위를 돌아다닐 수 있게 된다.

로버트 펜 워런(1905~1989), 『블랙베리 윈터』

우리는 모른다, 알 수가 없다, 사람들이 하는 모든 말의
의미를. 왜냐하면 우리는 아홉 살, 열 살밖에 되지 않았기
때문이다. 그래서 우리는 사람들의 얼굴과 손과 발을
주시하며 음색이 진실한지 귀를 기울인다.

토니 모리슨(1931~), 『가장 푸른 눈』

TEN

10

나는 겨우 열 살이었다.
사람들이 무엇을 하고 있는지 알기에는 너무 어렸다.

코맥 맥카시(1933~), 『서트리(Suttree)』

11

나는 어렴풋이 기억한다, 열한 살 때 내 피가 울부짖고 고함치고 내달리며
소용돌이 치던 것을.

존 스타인벡(1902~1968),『에덴의 동쪽』

# 12

아들은 몹시 조숙해서 열여덟 살까지 기다리지 않고 <u>열두</u> 살이 되면
집을 떠날 것이다. 그가 집을 떠나는 것은 무슨 영웅적인 모험을 추구한다거나
탑에 갇힌 미녀를 구한다거나, 숭고한 사상으로 비좁은 다락방을 불멸의
성소로 만들기 위해서가 아니라, 그저 일거리를 찾기 위해서, 큰돈을 벌기
위해서, 자신의 아버지와 오명을 겨루기 위해서였다.

샤를 보들레르(1821~1867), 『일기(Intimate Journals)』

13

사람들은 그를 어떻게 해야 할지 모른다. 그 역시 자신을 어떻게 해야 할지 모른다. 그는 겨우 <u>열세</u> 살, '탄탄한 몸도, 노련한 사회성'도 없고 뛰어나게 명석하지도 않지만 머릿속에는 특별한 종류의 수신기랄지… 더듬이랄지 싶은 것이 있다. 사물이 그에게 하는 말을 보통 사람들보다 더 잘 이해하는 것이다. 세계가 사물을 통해 그에게 윙크를 보내고 씩 웃으며 그의 외투 자락을 잡는다. 하지만 사람들은 그가 모르는 비밀에 싸여 있다. 그와 소통하는 것을 잊어버렸다는 것이다.

존 바스(1930~),『유령의 집에서 길을 잃다(Lost in the Funhouse)』

14

나는 겨우 열네 살이지만, 내가 원하는 걸 알고 있다. 누가 옳고 누가 그른지를. 내겐 나만의 견해와 아이디어와 원칙이 있다. 그리고 10대가 이런 말을 하는 게 이상하게 여겨질 수도 있지만 나는 나 자신을 아이라기보다는 한 사람으로 여긴다. ─나는 내가 다른 사람들로부터 완전히 독립해 있다고 느낀다.

안네 프랑크(1929~1945), 『안네의 일기』

15

열다섯 살 때 삶은 나에게 부정할 수 없는 한 가지 사실을 가르쳐 주었다.
적시에 항복하는 것은 저항만큼이나 명예로운 것이라는 사실을.
특히 선택의 여지가 없을 때는 말이다.

마야 안젤루(1928~2014),『새장에 갇힌 새가 왜 노래하는지 나는 아네』

16

열여섯 살이 된 아이는 고통이 뭔지 안다. 그에게는 이미 고통당한 경험이 있으므로. 하지만 그는 다른 사람들 역시 고통당하고 있다는 걸 알지 못한다.

장자크 루소(1712~1778), 『에밀』

17

열일곱 살때는 아무도 심각하지 않아
산책길을 따라 보리수가 줄지어 서 있는 그때는

아르튀르 랭보(1854~1891), 「소설」

18

열여덟 살이 되어야 삶의 진짜 이야기가 시작된다. 그 이전에는 그저 앉아서 신기한 이야기, 때론 즐겁고 때론 슬프지만 거의 언제나 비현실적인 이야기에 귀를 기울일 뿐이다. 그 나이가 되기 전 우리의 세계는 동화적이다. 반신(半神), 반악마들이 살고, 몽환적인 장면으로 가득 찬 곳이다. 숲은 실제보다 더 어둡고 언덕은 더 기괴하며 하늘은 더 눈부시고 물은 더 위험하다. 현실보다 더 아름다운 꽃, 더 먹음직스러운 과일, 더 넓은 평원, 더 음울한 사막, 더 화창한 들판이 마법에 걸린 세상 위에 펼쳐져 있다. …

그러다가 열여덟 살이 되면 환상적이고 공허한 꿈의 끝에 이르러 요정의 세계를 뒤로하고 눈앞에 솟아오르는 '현실'의 세계를 마주한다. …

열여덟 살 때는 의식하지 않는 것이 있다. 희망이 우리에게 미소를 짓고 내일의 행복을 약속할 때면 무조건 희망적이라고 믿는다. 사랑이 길 잃은 천사처럼 우리 문 앞에 와서 배회하면 얼른 그를 맞아 두 팔 벌려 얼싸안는다. 우리는 그의 화살통을 보지 못한다. 그의 화살을 맞는다 해도 그 상처를 새로운 삶이 주는 전율쯤으로 여긴다. 어떤 거머리도 빨아낼 수 없는 독이 발린 화살촉도 두려워하지 않는다. 몹시도 위험한 열정을 부적절하게도 좋은 것으로 여긴다. 몇 단계에서는 반드시 고통스럽고, 많은 경우 처음부터 끝까지 고통스러운데도. 간단히 말해 열여덟의 나이에 사람은 '경험'의 학교에 입학한다. 우리를 꺾고 부수고 갈아 내는 동시에 정화시키고 북돋는 교훈을 배워야 하는 것이다.

샬럿 브론테(1816~1855), 『셜리』

19

열아홉 살의 나에게 순수함은 그 어느 것보다 중요했다.

실비아 플라스(1932~1963), 『벨 자』

사람은 자신이 누구인지 안다. 자기중심적인 어린 시절에는
오직 자기 자신하고만 관계를 맺는다고 여긴다.
하지만 스무 살이 지나면서 그 틀은 불확실해지고 변화는
정확히 파악하기 어렵다. 우리는 자신이 누구인지
점점 더 확신을 잃고, 추종자들을 거느린 타자들에게 우리의
프라이버시를 침해당하는 것이다.

V. S. 프리쳇(1900~1997), 『한밤중에 불을 밝히고(The Midnight Oil)』

TWENTY

필로의 고향집에서 나는 보통 스무 살이 그러듯 식구들과 정치적 문제를 두고 입씨름을 벌이곤 했다. 하지만 집을 떠난 후에는 부모와 같은 정치적 태도를 가진 이들 앞에서 나도 모르게 즉각적으로 생각을 밝히길 유보하거나 적어도 그들에게 공감하는 듯한 태도를 취하곤 했다. 이런 모든 것이 당시 내가 아직 독자적이고 안정적인 정체성을 형성하지 못했다는 사실을 의미했다.

데이비드 포스터 월리스(1962~2008), 『창백한 왕(The Pale King)』

*21*

나는 법적으로 성인의 영역에 들어섰다. 이제 나는 스물한 살 성인의 권위를 갖고 있다. 하지만 이건 어쩌면 그저 사람들이 내게 떠맡기듯 안긴 건지도 모른다. 내가 이런 권위를 가질 만한 어떤 일을 했는지 생각해 봐야겠다.

찰스 디킨스(1812~1870),『데이비드 코퍼필드』

22

"[룸] 43호는 틀림없이 비어 있을 겁니다." 자기는 이제 겨우 스물둘밖에 되지 않아 죽을 일이 없을 거라고 확신하며 청년이 말했다.

마르셀 프루스트(1871~1922), 『잃어버린 시간을 찾아서』 6권

스물, 스물하나, 심지어 스물셋의 나이가 가져다주는 여러 축복 가운데 하나는,
그에 반하는 온갖 증거가 있음에도 불구하고 이 같은 일이 지금껏 어느
누구에게도 일어난 적이 없다고 당사자가 확신한다는 점이다.

존 디디온(1934~),『그 모든 것에 보내는 작별 인사(Goodbye to All That)』

24

그녀는 스물네 살이었다.

그녀는 꿈 속이 아니라 현실 속에서 살고 싶었다.

살만 루슈디(1947~),『광대 샬리마르』

25

스물다섯 살에 나는 새삼 당혹스러웠다
가장 간단한 것들조차 모르고 있었다는 사실에.

테드 휴스(1930~1998), 「풀브라이트 장학생(Fulbright Scholars)」

26

스물여섯 살이 되었을 때, 나는 생각했다, 이것이야말로 성숙이고 문명이라고.

마틴 에이미스(1949~), 『경험(Experience)』

27

<u>스물일곱</u>!... 갑작스러운 계시의 때. "이봐, 이거 알아? 나한테 이런 생각이 막 떠올랐어."

조이스 캐럴 오츠(1938~), 『블론드』

28

<u>스물여덟</u> 살 때 내게 신체적 정체성은 무척 큰 의미가 있었다. 당시 나는 많은 동시대인들이 심리 분석가들과 맺는 것과 거의 동일한 관계를 거울과 맺고 있었다. 내가 누구인지 회의가 들면 나는 일단 얼굴에 비누칠을 하고 면도를 한다는 간단한 처방을 내렸다.

돈 드릴로(1936~), 『아메리카나』

29

스물아홉이 된 여자는 10년 전보다 더 멋질 수 있다. 그리고 특별히 건강이 나쁘거나 무슨 근심이 있는 게 아니라면, 대개의 경우 그 나이는 모든 매력을 고스란히 간직하고 있는 시기라고 해도 좋을 것이다.

제인 오스틴(1775~1817), 『설득』

서른, 이 시기에 사람은
미래를 준비하던 어둑한 황무지에서 나와
실제 삶 속으로 발을 내딛는다.
자신의 본모습을 드러내는 때, 충만함의 때.

토마스 만(1875~1955), 『요셉과 그 형제들』

THIRTY

30

<u>서른</u>—30대, 10년간의 고독이 시작되는 때, 알고 지내는 독신 남자들의 수가 줄어들기 시작하는 때, 열정을 담은 가방의 두께가 얇아지는 때, 머리숱이 성글어지기 시작하는 때.

F. 스콧 피츠제럴드(1896~1940), 『위대한 개츠비』

31

안드레이 공작은 문득 단호하고 확고하게 결론을 내렸다. 그렇다, 서른한 살이 되었다고 인생이 끝난 건 아니다, 내가 아는 것을 나 혼자 아는 것만으로는 충분치 않다, 다른 모든 이들도 내가 아는 것을 알아야 한다.

레프 톨스토이(1828~1910),『전쟁과 평화』

32

그는 서른둘―그렇게 많은 나이가 아니었다.
그의 기질은 이제 막 성숙기에 들어섰다고 할 수 있었다.

제임스 조이스(1882~1941), 『더블린 사람들』

## 33

그는 <u>서른세</u> 살이 돼가고 있었다. 인내심이 무슨 소용이던가? 사람이 덫에서 풀려나는 것은 시간이 아니라 진실 덕분이다. 그는 진실을 위해 싸울 것이다. 영리하게, 지치지 않고.

A. B. 여호수아(1936~), 『풀려난 신부(The Liberated Bride)』

34

<u>서른네</u> 살 남자가 그런 책을 인생 지침서로 삼다니. 실용적인 관점에서 보자면 앨저의 청소년 소설 전집을 들고 프랑스 수도원 학교에서 곧장 월 스트리트로 뛰어드는 편이 더 나을 것이다.

어니스트 헤밍웨이(1899~1961), 『해는 또다시 떠오른다』

35

서른다섯이라는 나이가 내 머릿속에 떡 버티고 서서 삶이 베푸는 것에 다가서지 못하도록 가로막고 줄곧 고함을 질러댔다. 서른다섯이라는 나이는 결코 두 손을 얌전히 접은 채 앉아 있지 않았다. 서른다섯에는 평정 따위가 없었다. 그것은 접은 셀로판지 위를 두드리는 듯한 둔탁하고 심술궂은 음조를 줄곧 흥얼대고 있었다.

캐럴 실즈(1935~2003), 『언레스(Unless)』

36

"서른여섯 살이 되자 생체 시계가 미친 듯이 울렸어. 요컨대 그때가 진짜 행복을 움켜잡을 마지막 기회처럼 보였다는 거야."

팀 오브라이언(1946~),『사랑에 빠진 수고양이』

저 여자는 서른일곱이나 여덟쯤 됐겠군. 그는 재빨리 추정했다. 그건 그녀가
남편감을 찾고 있다는 의미였다. 그 자체로는 나쁘다고 할 수 없었고 웃음거리로
삼을 일도 아니었다. 겉보기에 극히 세련된 사람들도 단순하고 보편적인
통과의례를 중요하게 여기니까.

솔 벨로(1915~2005), 『허조그』

한 남자로서 서른여덟의 나이에 자아를 발견하다니 괴상하기 짝이 없다!
청춘은 아득한 과거다. 그런데도 젊음의 막바지부터 지금에 이르기까지 생생한 인상을 남긴 기억을 단 하나도 찾을 수 없다. 그래서 그는 자신과 청춘 사이엔 허물어지기 쉬운 장벽 하나뿐이라는 느낌에서 벗어날 수 없었다. 장벽 너머의 소리가 더할 나위 없이 선명하게 줄곧 들려왔지만, 도무지 장벽을 뚫을 방도가 없었다.

미시마 유키오(1925~1970), 『달리는 말』

*39*

<u>서른아홉</u>, 누구나 나름의 문제를 안고 있는 나이.

존 업다이크(1932~2009), 『토끼 기억되다(Rabbit Remembered)』

남자 나이 마흔에는
살그머니 닫는 법을 배운다
다시는 돌아오지 않을
방의 문들을

도널드 저스티스(1925~2004), 「남자 나이 마흔에는」

FORTY

마흔이 넘은 사람의 아파트를 보면 그가 무슨 일을 하는지, 어떤 대접을
받아왔는지 알 수 있다.

알렉산드르 솔제니친(1918~2008), 『암 병동』

41

마흔한 살이 되면 누구나 새로 시작하는 것도 좋겠다고 생각한다. 마흔두 살만
돼도 그런 생각을 했다는 사실에 실소하게 될 테지만.

V. S. 나이폴(1932~), 『게릴라』

나는 <u>마흔두</u> 살이다—마흔 살이나 마흔한 살 때보다 훨씬 더 중년이 된 것 같다.
늙지도 젊지도 않은 나이.

클레어 메수드(1966~), 『위층 여자(The Woman Upstairs)』

43

내 피부과 의사의 말에 따르면, 목은 마흔세 살부터 늙기 시작한다. 그리고
수술 이외에 당신이 할 수 있는 일은 없다. 얼굴은 거짓말을 할 수 있지만 목은
정직하다.

노라 에프런(1941~2012), 『목 때문에 속상해(I Feel Bad About My Neck)』

44

그는 <u>마흔넷</u>이라는 나이를 충만하게 느꼈다. 마침내 일곱 번째 시기가 아니라 하나의 세대 전체가 된 것 같았다. 뼈, 근육, 심장, 마음 그리고 인간으로서의 감정을 갖춘 견고한 실체가 된 듯한 느낌, 가야 할 곳에 다다른 듯한 느낌이 들었다.

노먼 메일러,『밤의 군대들』

45

그는 마흔다섯 살이었다. <u>마흔다섯</u>이라니! 5년만 있으면 쉰이 된다.
그 다음엔 예순, 다음엔 일흔. 그러고는 끝이다. 맙소사. 그런데도 여전히 이토록
자리를 잡지 못하다니!

D. H. 로렌스(1885~1930), 『무지개』

46

마흔여섯이 되면 인색해질 수밖에 없다. 중요한 일을 할 시간밖엔 남아 있지 않으니까.

버지니아 울프(1882~1941), 『울프 일기』, 1928년 3월 22일

47

그는 겨우 마흔일곱이었다. 생명 보험을 고려하기에는 너무 일렀다.

데이브 에거스(1970~),『자이툰(Zeitoun)』

48

리어왕    그대는 몇 살인가?

켄트    노래 때문에 한 여인을 사랑할 만큼 젊진 않습니다, 폐하. 또 대단찮은 것에 홀려 여인에게 빠질 만큼 늙지도 않았습니다. 제 등에 <u>마흔여덟</u> 해를 지고 있답니다.

윌리엄 셰익스피어(1564~1616), 『리어 왕』

49

이제까지 인생은 늘 더 좋은 것을 향해 나아왔다. 언제나 더 많은 것이 남아 있었다. 하지만 이제 그는 마흔아홉이었고 미처 알아차리지 못한 육체적, 심적, 정신적 변화들이 생겨났다. 인생의 다양한 부분을 이미 겪었고 앞으로 두 번 다시 경험하지 못할 것이다. 어쩌면 저울은 이미 기울어서, 나중에 돌이켜보면, 바로 '오늘', '오늘'의 뭔가가 '사태'가 잘못되기 시작한 시발점으로, 혹은 이미 엉망이 되고만 요인으로, 또 어쩌면 '사태'의 절정으로 여겨질지도 모른다.

리처드 포드(1944~), 『수없이 많은 죄(A Multitude of Sins)』

사랑은 쉰 살이면 절름발이가 된다.

토머스 하디(1840~1928), 『귀향』

FIFTY

50

쉰 살이 되면, 그때까지 살아남은 이들, 삶의 모든 영역, 지식의 모든 분야에서 탁월한 기량을 발휘한 이들은 마침내 각자의 길을 최종적으로 마무리짓게 된다. 이제 만물을 비추는 저 우주의 광휘로 영혼의 눈을 들어올려 절대 선을 보아야 할 때가 되었다. 그것이야말로 '국가'와 개개인의 삶 그리고 그들의 여생을 정리하기 위해 따라야 할 과정이니까. 이제는 철학이 그들이 추구해야 할 주된 대상이 될 것이다.

플라톤(BC 427–BC 347), 『플라톤의 국가』

쉰하나는 미래를 꿈꾸기에 너무 늦은 나이였다. 쉰하나의 나이에 당신은 산사태처럼 쏟아지는 과거로부터 벗어나기 위해 줄곧 달려야 했다.

스티븐 킹(1947~), 『욕망을 파는 집』

시내에서 나는 커피를 집어 들면서 도넛과 스콘은 먹지 않기로 했다. 쉰두 살이 넘으면 내 몸이 내게 빚진 게 없으니까.

에이미 햄펠(1951~), 『그 결혼의 개(The Dog of the Marriage)』

53

나는 쉰세 살이 될 것이다. … 그 누렇게 시든 잎이 내 머리 위로 떨어져 내리리라는 생각에 익숙해지기 어렵다는 걸 고백하지 않을 수 없다.

크리스토퍼 이셔우드(1904~1986), 『노리스 씨 기차를 갈아타다』

54

그의 나이 쉰넷, 생각은 많지만 믿는 것은 얼마 되지 않는다. 하지만 대체 어떤 것을 진정으로 안다고 할 수 있을까?

줄리언 반스(1946~),『용감한 친구들』

55

에판친 장군은 삶의 전성기를 구가하고 있었다. 다시 말해서 그는 쉰다섯 살이었다—인생이 꽃피는 시기, 삶의 진짜 즐거움이 시작되는 시기 아닌가.

도스토옙스키(1821~1881), 『백치』

"당신은 겨우 <u>쉰여섯</u> 살이에요. 돈 때문에 죽기에는 너무 젊다고요. 원칙을 위해, 조국이나 사랑을 위해서 죽을 수는 있겠죠. 하지만 돈 때문에 죽는다는 건 말이 안 돼요."

마리오 푸조(1920~1999), 『마지막 대부』

"쉰일곱, 위태로운 나이 … 욕망은 전과 다름없지만, 이제부터는 욕망을 채우면
앙갚음이 따른다."

얄마르 쇠데르베리(1869~1941), 『닥터 글라스』

58

쉰여덟은 관리인의 황금기다. 그는 관리실에 익숙하고 그와 그 방은 굴과 굴껍질처럼 딱 들어맞는다. 게다가 '그는 동네의 유명 인사'다.

오노레 드 발자크(1799~1850), 『사촌 퐁스』

59

<u>쉰아홉</u> 살 먹은 남자라면 조국이 모욕당하는 것이 아무리 분하더라도 자신이 할 수 있는 일이 거의 없다는 사실을 알고 있기 때문에 분을 누르게 마련이다.

존 오하라(1905~1970), 『노스프레드릭 10번지』*

* 「비밀의 연정」으로 국내 개봉

예순은 그다지 나쁜 나이가 아니다. 길게 볼 때 우리들
대다수는 그 나이를 복합적인 감정으로 생각할 수밖에
없지만. 예순은 차분한 나이, 사실상 게임이 끝난
나이. 그리고 한걸음 비켜서서 자신이 한때 꽤 괜찮은
인간이었다는 사실을 생생하게 추억하기 시작하는
나이라고 할 수 있다. 내가 관찰한 바에 의하면 예순에
이른 사람들 대다수는 이제 타협적인 태도로 신의 섭리에
주의를 기울임으로써 자기 자신을 낭만적인 관점으로 보기
시작한다. 그 결과 그들이 저지른 실패마저 독특한 매력을
발산하게 되는 것이다.

조지프 콘래드(1857~1924),
「두 마녀의 여관: 습득물(The Inn of the Two Witches: A Find)」

SIXTY

60

예순 살이 되면 자신이 꼭 필요한 존재라고 느끼기가 점점 더 어려워진다.

톰 울프(1948~2018),『한 남자의 모든 것(A Man in Full)』

61

예순한 살이었다면 나는 집에 가만히 있는 편을 택했을지도 모른다.

대니얼 디포(1660~1731), 『로빈슨 크루소』(속편)

62

그는 예순두 살이라는, 삶을 바꿀 충격에 사로잡히는 나이가 아니라 미묘하게
작아지는 나이에 접어들고 있었다.

폴 서루(1941~),『더 로어 리버』

63

사람은 인간 조건을 받아들여야 하며, 치유가 완전치 않다느니 하며
불만스러워해서는 안 된다. 왜냐하면 갱년기인 <u>예순세</u> 살 때에는 서른다섯 살의
활력을 완전히 회복할 수 없기 때문이다.

토머스 드 퀸시(1785~1859),『잡문집(Narrative and Miscellaneous Papers)』

64

<u>예순네</u> 살이라는 나이, 노인 신분에, 건강 보험과 연금의 나날에, 점점 더 많은 친구들이 당신 곁을 떠나는 쓸쓸한 시기에 가까이 다가가는 나이.

폴 오스터(1947~), 『겨울 일기』

65

<u>예순다섯</u> 살이 되자 그녀는 자신도 모르게 젊은 친구들에게 나이 드는 것도 꽤 괜찮다고, 정말이지 그윽한 즐거움이 있다고 말하고 있었다. 이런저런 좋은 것들이 가 버렸다 해도 젊었을 때는 미처 알지 못했던 다른 즐거움들이 있어서 다음번엔 또 어떤 놀라운 일이 기다리고 있을지 기대하게 된다고.

도리스 레싱(1919~2013), 『다시 사랑(Love, Again)』

예순여섯 살의 나는 열여섯 살때보다 더 반항하고 저항한다. 이제는 구조 전체가 통째로 전복되고 파괴되어야 한다는 사실을 '분명히 인식하고' 있다.

헨리 밀러(1891~1980), 앨프리드 페를레스,『예술과 분노』중 인용문*

* 알프레드 페를레스가 쓴 책의 부제가 '헨리 밀러에 관한 편지'이며 그 책에서 헨리 밀러가 한 말을 재인용한 것으로 보인다.

67

"명성, 성공, 권력, 5억 달러의 재산, 세계적인 리더십… 흠, 그런 것들이
정말 주어진다 해도 난 그것들을 덥석 받아들지 않을 것 같다. 물론 젊은 시절
그랬던 것처럼 지금도 그것들을 갈망하며 몇날 밤을 지새우기도 한다…
하지만 이제 그런 것들은 더 이상 나의 진짜 관심사가 아니다."

시어도어 드라이저(1871~1945), 「예순일곱에 인생은」

## 68

<u>예순여덟</u> 살이 되면 남들이 다가오고 싶은 사람으로 보일지 말지를 스스로 결정할 수 없다. 그 나이 즈음에는 얼굴의 전반적인 인상이 굳어지고 만다. 감정을 표정으로 표현할 수 없다는 사실을 깨닫고 좌절감이 깊어진다.

프랑수아 모리아크(1885~1970), 『독사의 또아리(Vipers' Tangle)』

나 자신—내 가슴 속에서 여전히 고동치는

저 씩씩한 심장,

상하고 늙고 볼품없고

마비된 몸—관을 덮는 천처럼 나를 에워싸는 낯선 무력감.

느리지만 아직 꺼지지 않은 내 핏속으로 들어오는 타오르는 불길,

줄지 않는 믿음—사랑하는 친구들.

월트 휘트먼(1819~1892), 「예순아홉의 캐럴(A Carol Closing Sixty-Nine)」

"일흔 살이라면 자신이 무엇을 원하는지 알아야 한다."

아이작 바셰버스 싱어(1902~1991), 「신년 파티(The New Year Party)」

SEVENTY

70

삶을 진지하게 받아들여야 한다
　　　　예컨대 일흔 살에도 올리브 나무를 심을 만큼―
자식을 위해 심는 것도 아니다
설혹 죽음이 두렵다 해도
　　　　죽음을 믿지 않기에
삶은 죽음보다 더 무거운 것이기에

나즘 히크메트(1902~1963), 「삶에 대하여(On Living)」

71

나는 <u>일흔한</u> 살의 나이에 머리가 이상해지는 게 어떤 건지 배우고 있었다. 결국 자아를 찾는 여정이 끝나지 않았음이 증명된 셈이다. 인생을 시작하는 젊은이들에게나 어울릴 법한 드라마가… 노인들을 놀라게 하고 공격할 수 있다는 사실이 입증된 것이다.

필립 로스(1933~2018), 『유령 퇴장』

72

일혼두 살… 그는 남들 일에는 정색을 했지만 자신의 경우에는 그렇지 않았다.
그의 마음은 더할 나위 없이 평온했다.

허먼 멜빌(1819~1891), 『이스라엘 포터(Israel Potter)』

73

"그는 이제 일흔셋이다. 돈을 벌자고 굳이 모험을 할 필요가 있을까?
그저 자족할 것."

제롬 제롬(1859~1927), 『토미와 그밖의 사람들(Tommy and Co.)』

74

"소용없어, 소용없어, 소용없어! 난 늙었어, 늙었어, 늙었어! 일흔넷, 일흔넷, 일흔넷! 오, 신이여! 오, 신이여! 오, 신이여! 당신의 길을 어떻게 찾아내리오."

거트루드 프랭클린 혼 애서튼(1857~1948), 「어 모나크 오브 어 스몰 서베이(A Monarch of a Small Survey)」(단편집 『안개 속의 종소리』에 수록)

75

일흔다섯…. 나 자신이 텅 빈 병처럼 느껴진다. 날 두드리면 무섭도록 공허한 소리가 들려올 것이다. 내 머릿속은 텅 비어 있다, 예수가 걸어 나갔다는 무덤만큼이나.

고어 비달(1925~2012),『율리아누스(Julian)』

아마도 우리 모두는 마음 깊은 곳에서 동 세대의 기대 수명을 기대하고 있을 것이다. 이 기대 수명은 수면 시간과 음식 씹는 횟수를 감안해 산정된다. ─ 하루에 여덟 시간 자고 음식을 스무 차례 씹으며 일흔여섯 해를 보내는 것이다. 우리 모두 그 나이를 향해 나아가고 있고, 일흔여섯 번째 생일을 맞지 못했다는 건 기대치를 채우지 못한 셈이다.

클로디아 랭킨(1963~), "리모콘 위에 '즐겨찾기' 버튼이 있다…"

77

올해 말에도 내가 살아 있을까? 일혼일곱이라면 이는 불합리한 질문이 아니다.

P. D. 제임스(1920~2014), 『진실의 시간(Time to Be in Earnest)』

78

<u>일흔여덟</u> 살이 되면 대개 알고 지내던 사람들이 떠나고 난 환경에서 살게 마련이다. 그런데 내 경우 문제는 평소에 좋아하던 사람들이 나보다 훨씬 지혜롭고 나이 많은 이들이었다는 사실이다. 그래서 나는 현재 곤경에 처해 있다, 현명한 노인이 되려 애쓰지만 무슨 바보가 된 것 같다.

메이 사튼(1912~1995), 『엔드게임: 일흔아홉의 일기(Endgame: A Journal of the Seventy-Ninth Year)』

—나의 일흔아홉 번째 생일에

나는 그 나이를 이렇게
본다, 내가 하나의 단계를 지나고 있는 거라고:
그러니까 점차 하나의 단어로 바뀌고 있다고.
당신이 나를 말할 때 어떤 단어를 고르든
그 단어는 언제나 내가 아닌 당신의 것.
내 이름 외에 그 어떤 것도
진짜 내 것이 아니다.
나는 이 우주의 먼지를
잠시 빌렸을 뿐.

스탠리 쿠니츠(1905~2006), 『통과하다(Passing Through)』

여든 살, 본받을 모범 없이 사는 게 가능할까? 경탄하는
법을 다시 배우라. 지식을 움켜쥐려 하지 말고 과거의 습관을
버려라. 그런 삶은 지나치게 번다하여 그 속에 익사하기
십상이다. 새로운 사람들을 바라보라, 더 이상 당신의 모범이
될 수 없는 이들에게 관심을 기울여라.

엘리아스 카네티(1905~1994), 『시계의 은밀한 중심(The Secret Heart of the Clock)』

EIGHTY

80

오늘 나는 여든 살이 되었습니다. 내가 선과 악을 구분할 수 있겠습니까?
당신의 종이 먹고 마시나 맛을 알겠습니까? 남자와 여자들이 노래를 부르나
그 소리를 제대로 알아들을 수 있겠습니까?

「사무엘하」 19장 35절

81

<u>여든한</u> 살에도 그는, 자신이 이 세상에 한두 가닥의 가느다란 끈으로 연결되어 있을 뿐임을, 그 끈은 자는 동안 자세를 조금 바꾸기만 해도 고통 없이 끊길 수 있음을 알 정도로 명석했다. 그 끈이 손상되지 않게 하기 위해 그가 최선을 다하는 이유는 죽음의 어둠 속에서는 신을 발견할 수 없으리라는 두려움 때문이었다.

가브리엘 가르시아 마르케스(1927~2014), 『콜레라 시대의 사랑』

82

<u>여든두</u> 살의 드라 투르사뮈엘 후작은 자리에서 일어나 벽난로 위 선반에 팔꿈치를 기대고 조금 떨리는 목소리로 말했다. … "사실 나는 어둠이 무서워! 이 나이가 되기 전에는 그 사실을 인정하려 들지 않았지. 하지만 이제 하지 못할 말 같은 건 없어."

기 드 모파상(1850~1893),「유령」

83

여든셋이 된 지금, 대뇌 피질은 느슨해지고
자극–흥분 과정은 천천히 사그라들어 재가 된다.
못박히고 뻣뻣해진 손가락과 제멋대로 움직이는 어색한 동작 때문이다.
방의 물건들이 뿌옇게 보이기 시작할 때면
어느 도시에선가 목격했던 등화관제 훈련을 지금도 하고 있는 것 같다.
(독일이 광기의 행보를 계속한다면
그건 불가피한 일.) 불빛이 하나하나 꺼져 간다….

토머스 핀천(1937~), 『중력의 무지개』

84

"왜냐하면 그건 여든네 살이 된다고 해도 2~30개의 도시를 돌아다닐 수 있고 전화기를 집어 들고 나를 기억하고 사랑하고 도와주는 많은 이들과 통화할 수 있기 때문이죠. (세일즈맨으로서) 그 이상 만족스러운 일이 어디 있겠어요?"

아서 밀러(1915~2005), 『세일즈맨의 죽음』

85

<u>여든다섯</u> 살이 되자 스코토마는 요란하게 보낸 자신의 과거를 현재의 달관기에 이르기 위한, 한참 덜 떨어진 일종의 준비 단계 정도로 여기고 싶어 했는데, 이상할 것도 없는 것이 그는 쇠퇴하고 있는 자신을 성숙해 절정기에 달했다고 여겼던 것이다.

블라디미르 나보코프(1899~1977), 『벤드 시니스터』*

---

* 사대(斜帶). 서자를 나타내는 표시.

86

"여든여섯 살이 된다는 건 어떤 느낌인가요, 스레드굿 부인?"
"음, 나로서는 별 차이를 못 느끼겠네요. 그러니까 내 말은 나이란 게 그저 슬금슬금 다가온다는 거죠. 오늘 젊다고 생각했는데 바로 다음날 가슴과 턱이 처졌다는 걸 발견하는 거랍니다."

패니 플래그(1944~),『프라이드 그린 토마토』

87

그는 여든여섯이거나 <u>여든일곱</u> 살쯤 되었다. 지금이 아니면 영영 기회가
없는 것이다.

토바이어스 울프(1945~),『올드 스쿨』

88

여든여덟에 그는 여전히 신체적으로는 건강했으나, 아무도 자기에게 말을 걸지 않는다는 생각으로 몹시 괴로워했다.

존 골즈워디(1867~1933), 『인 챈서리(In Chancery)』

## 89

여든아홉 살이 된 심장이 부서지면 어떤 소리가 날까? 아마도 거의 들리지 않거나 아주 작은 소리일 것이다.

서배스천 배리(1955~), 『가나안 쪽에서(On Canaan's Side)』

죽어 가는 아흔 살 남자가 무덤으로 가져갈 것은, 한 여자의
사랑에 대한 소년기의 착각이나 모든 여자의 바람기에 대한
노년기의 오해, 혹은 산타클로스의 선의에 대한 소년기의
착각이나 신의 선의에 대한 노년기의 오해뿐이리라.

조지 장 네이선(1882~1958), 『조지 장 네이선의 세계: 에세이, 리뷰, 코멘터리(The World of George Jean Nathan: Essays, Reviews, & Commentary)』

NINETY

90

내 나이(아흔 살)가 되면 사후 자존감이 목전의 현실로 떠오른다. 나는 거의 매일같이 내가 죽은 후 어떤 평가를 받게 될까를 생각한다.

에드윈 S. 슈나이드먼(1918~2009), 『죽음에 대한 상식(A Commonsense Book of Death)』

그녀는 생존에 강한 유형이었다—그렇지 않고 어떻게 아흔한 살이 되도록 살아 있을 수 있겠는가?

월리스 스테그너(1909~1993), 『휴식의 각도(Angle of Repose)』

92

아흔두 살.
모험이 잦을수록 좋고 머리카락이 구불거릴수록 좋고,
분을 많이 바를수록 좋고,
달걀을 많이 먹을수록 좋다.

거트루드 스타인(1874~1946),「한 문장」

93

나는 다름아닌 <u>아흔세</u> 살이다… 시간이 그리 많지 않다.
정말이지 서둘러야 한다.

윌리엄 포크너(1897~1962),『묘지의 깃발(Flags in the Dust)』

"나는 아흔네 살이고, 지금까지 한 번도 진정으로 마음이 평온했던 적이 없다. 내 마음에는 온통 후회의 회오리가 몰아친다. 내가 후회하는 것은 내가 한 일 때문이 아니라 하지 않은 일 때문이다. 술을 제외하면 언제나 정도를 걸었다. 가정적인 남자로서, 훌륭한 부양자로서 소란을 피운 적도 없고 추하게 행동한 적도 없다. 바로 그 점을 나는 후회한다."

조지프 미첼(1908~1996), 『늙은 플러드 씨(Old Mr. Flood)』

95

"나는 아흔다섯에 죽을 것이다. 그 말은 영원히 살리라는 말과도 같다."

로베르토 볼라뇨(1953~2003), 『2666』 1권

아흔여섯의 나이에 대단한 유대를 맺는다는 건 불가능하다.
만사가 그저 밋밋하고 나란하게 펼쳐질 뿐이다. 새로운 만남도 그런 식이다.
더 이상 뭔가를 받아들일 여유가 없다, 모든 습관이 이미 자리를 잡은 것이다.

빅토르 위고(1802~1885), 『레 미제라블』

97

<u>아흔일곱</u>의 남자, 바보가 아니라면 … 자기 견해 같은 건 갖지
않을 거야.

퍼시 세이틀린, 「사촌에게 보내는 편지(Letter to My Cousin)」*

*《안티오크 리뷰(Antioch Review)》 1964년 여름호에 실린 글.

98

나는 궁금했다. 그런 호기심은 한동안 느끼지 못했던 감정이었다. 사람이 아흔여덟 살이 되면 궁금한 것이 그리 많지 않은 법.

케이트 모튼(1976~), 『리버튼』

이제 해야 할 일은 다만 내 안에서
많은 것을 곱씹는 것이다. 지난날의
내 보석을 그저 아무한테나 던져 버릴
수는 없다. 아흔아홉이 되면 사람은
함부로 속내를 드러내지 않게 된다.

앨런 거게너스(1947~), 「남부연합시절의 생존자
중 최연장자 과부, 속내를 털어놓다」

백 살쯤 된 사람에게 새로운 소식을 전하는 건
내키지 않는 일이다.
그들은 새로운 소식을 좋아하지 않는다.

J. D. 샐린저(1919~2010), 『호밀밭의 파수꾼』

ONE
HUNDRED

나는 이제 백 살이 다 되어 간다. 종말을 기다리며, 시초에 대해 생각하며.

멕 로소프(1956년~), 『과거의 나』

# NUMBERS HAVE NAMES

0 Antique Type
1 Antique Type
2 Bodoni
3 Bifur
4 Edwardian Script
5 Champion
6 Univers
7 Modern no. 216
8 Piccolo
9 Trajan Pro

10 Gill Sans
11 Bodoni
12 Antique Type
13 Antique Type
14 Beton
15 Gill Sans Shadowed
16 Didot
17 Numbers Strasse
18 Manhattan
19 Gill Sans

20 Baskerville
21 Antique Type
22 Snell
23 Fetish
24 Didot
25 Dorchester
26 Ostrich Sans
27 Egyptienne
28 Valencia
29 Kabel

30 Lust Display
31 Benton Modern
32 Eames Century Modern
33 Goudy Old Style
34 Futura Display
35 Aire Roman Pro
36 Futura Display
37 Didot
38 Outage
39 Sail

40 Alpha Slab One
41 Abril
42 Bordeaux
43 Baskerville
44 Gestalt
45 Requiem
46 AW Conqueror Inline
47 Opti Script
48 Futura Display
49 Numbers Strasse

50 Leawood
51 Numbers Strasse
52 Adam Gorry Lights
53 Willow
54 Lust Display
55 Bodoni Highlight
56 Excelsor Script
57 Stymie
58 Sail
59 Blackout

60 Fling
61 Bree
62 Ziggurat
63 Baskerville
64 Adam Gorry Inline
65 Schneidler
66 Tondu
67 Odeon
68 Clarendon
69 Raleway

70 Ostrich Sans
71 Stymie
72 Bordeaux
73 Modern No. 20
74 Tondu
75 Lobster Two
76 Sail
77 Eames Century Modern
78 Verlag
79 Gotham Rounded

80 Poplar
81 Futura Display
82 Valencia
83 Century
84 Gill Sans
85 Abril Display
86 Numbers Prospekt
87 Hoefler Text
88 Fling
89 Saracen

90 Blackout
91 Gestalt
92 Sail
93 Splendid Quartett
94 Kabel
95 Gravura
96 Braggadocio
97 Benton Modern
98 Bodoni
99 Gothic No. 13

100 Custom

옮긴이 김남주

옮긴이 김남주는 국문학과 불문학을 공부하고
불어권과 영어권 현대 문학을 우리말로
번역하며 글을 쓴다. 『나의 프랑스식 서재』,
『사라지는 번역자들』을 썼고, 귀스타브
플로베르(『마담 보바리』), 프랑수아즈
사강(『마음의 심연』,『브람스를 좋아하세요…』,
『슬픔이여 안녕』), 로맹 가리(『새들은 페루에
가서 죽다』), 야스미나 레자(『행복해서 행복한
사람들』,『비탄』), 가즈오 이시구로(『녹턴』,
『나를 보내지 마』,『창백한 언덕풍경』,
『부유하는 세상의 화가』,『나의 20세기
저녁과 작은 전환점들』) 등을 우리말로
옮겼다.

# 모든 나이는 빛난다

1판 1쇄 찍음  2022년 4월 27일
1판 1쇄 펴냄  2022년 5월 6일

지은이  조슈아 프레이거, 밀턴 글레이저
옮긴이  김남주
발행인  박근섭, 박상준
펴낸곳  ㈜민음사

출판등록  1966. 5. 19. (제 16-490호)
　　　　　서울특별시 강남구 도산대로1길 62(신사동)
　　　　　강남출판문화센터 5층(우편번호 06027)
대표전화  02-515-2000  팩시밀리  02-515-2007
www.minumsa.com

한국어 판 ⓒ ㈜민음사, 2022. Printed in Seoul, Korea

ISBN 978-89-374-1696-5